新雅・點讀樂園

親子閱讀
故事集 ②

馬翠蘿
麥曉帆
利倚恩 著

新雅文化事業有限公司
www.sunya.com.hk

使用說明

《親子閱讀故事集》系列

《親子閱讀故事集》全套 2 冊,每冊包含 30 個故事,每篇故事有趣、簡短,非常適合家長與孩子每天進行親子閱讀。

《親子閱讀故事集❷》的故事包含了自然、香港、幻想、節日、奇趣、探索、科學和環保八個題材,讓孩子輕鬆閱讀,透過淺白的故事學會各種各樣的知識和待人處事的道理。

新雅・點讀樂園 升級功能

本系列屬「新雅點讀樂園」產品之一,備有點讀和錄音功能,爸媽和孩子可以使用新雅點讀筆,聆聽粵語朗讀故事、粵語講故事和普通話朗讀故事,亦能點選圖中的角色,聆聽對白。點讀功能生動地演繹出每個故事,讓孩子隨着聲音,進入豐富多彩的故事世界,而且更可錄下爸媽和孩子的聲音來說故事,增添親子閱讀的趣味!

「新雅點讀樂園」產品包括語文學習類、親子故事類和知識類等圖書,種類豐富,旨在透過聲音和互動功能帶動孩子學習,提升他們的學習動機與趣味!家長如欲另購新雅點讀筆,或想了解更多新雅的點讀產品,請瀏覽新雅網頁 (www.sunya.com.hk) 或掃描右邊的 QR code 進入 新雅・點讀樂園 。

如何配合新雅點讀筆閱讀本故事集？

啟動點讀筆後，請點選封面，然後點選書本上的故事文字或說話的人物，點讀筆便會播放相應的內容。如想切換播放的語言，請點選各故事首頁左上角的 粵 ☆ 普 圖示，當再次點選內頁時，點讀筆便會使用所選的語言播放點選的內容。

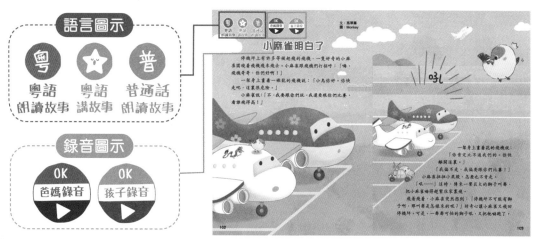

語言圖示

粵
粵語
朗讀故事

☆
粵語
講故事

普
普通話
朗讀故事

錄音圖示

OK
爸媽錄音 ▶

OK
孩子錄音 ▶

如何製作獨一無二的點讀故事集？

爸媽和孩子可以各自點選每個故事首頁左上角的   圖示，錄下自己的聲音來說故事啊！

1 先點選圖示上 **爸媽錄音** 或 **孩子錄音** 的位置，再點 OK，便可錄音。

2 完成錄音後，請再次點選 OK，停止錄音。

3 最後點選 ▶ 的位置，便可播放錄音了！

4 如想再次錄音，請重複以上步驟。注意每次只保留最後一次的錄音。

如何下載本故事集的點讀筆檔案？

1 瀏覽新雅網頁(www.sunya.com.hk) 或掃描右邊的 QR code 進入 新雅・點讀樂園 。

2 點選 下載點讀筆檔案 ▶ 。

3 依照下載區的步驟說明，點選及下載《親子閱讀故事集》的點讀筆檔案至電腦，並複製至新雅點讀筆的「Books」 資料夾內。

目錄

粵
粵語
朗讀故事

粵語
講故事

普
普通話
朗讀故事

OK
爸媽錄音

OK
孩子錄音

文：馬翠蘿
圖：Spacey

美麗的山

小狗家門前是一片海，家後面是一座山。

小狗很喜歡大海，因為大海有像藍寶石一樣的海水，有在海裏游來游去的魚兒，有在海面上飛來飛去的水鳥。美極了！

爸爸告訴小狗，山也很美麗。
小狗卻不相信，因為他站在山腳
下仰頭看，除了看見石頭，就看
不到別的東西了。媽媽笑着說：
「等你長大了，有力氣上山的時
候，就會知道山的美麗了。」

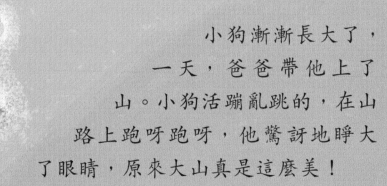

小狗漸漸長大了，
一天，爸爸帶他上了
山。小狗活蹦亂跳的，在山
路上跑呀跑呀，他驚訝地睜大
了眼睛，原來大山真是這麼美！
山上的樹好綠，漫山遍野就像綠色的海
洋；山上的花兒好漂亮，色彩繽紛的，還發
出陣陣芳香；山上的果樹好茂盛，無數熟透的
果子，在風中搖呀搖，就像一個個好看的小燈籠；
山上的溪水好清澈，喝一口，甜到心裏去。

　　小狗還看到了很多可愛的小動物：
在樹上吱吱喳喳唱歌的小鳥，在地上蹦
來蹦去的小兔，還有小老虎、小狐狸、小
山羊，多得數也數不清。小狗跟他們一塊兒
玩，都不想走了。

　　小狗還跟着爸爸登上了山頂。嘩！離天空好
近啊，彷彿一伸手，就可以把天上的雲彩抓一片下來。

　　小狗覺得爸爸媽媽說得對，真的，大山很美！

粵
粵語
朗讀故事

粵語
講故事

普
普通話
朗讀故事

OK
爸媽錄音
▶

OK
孩子錄音
▶

文：利倚恩
圖：立雄

小變色龍在哪裏？

在公園裏，小變色龍和小烏龜一起玩捉迷藏。

小變色龍用手掌遮住眼睛，由一數到十，小烏龜立刻找地方躲起來。

小烏龜躲在一堆石頭中央，把頭、手、腳和尾巴都藏在龜殼裏，扮成一塊石頭。小變色龍認得龜殼的花紋，拍了龜殼一下，說：「我找到你了。」

然後，輪到小變色龍躲起來，小烏龜去找他。可是小烏龜找呀找，一直都找不到他。小烏龜站在草叢前，大聲說：「小變色龍，你在哪裏？」

　　「哈哈！我在這裏啊！」哎呀，原來小變色龍就在草叢前呢！他把皮膚變成了綠色，顏色和草叢一樣呀。

　　小烏龜拍拍手，笑着說：「你真是捉迷藏高手啊！」

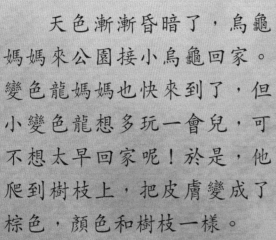

　　天色漸漸昏暗了，烏龜
媽媽來公園接小烏龜回家。
變色龍媽媽也快來到了，但
小變色龍想多玩一會兒，可
不想太早回家呢！於是，他
爬到樹枝上，把皮膚變成了
棕色，顏色和樹枝一樣。

　　變色龍媽媽來到公園
後，看不到小變色龍，便知
道小變色龍躲起來了。

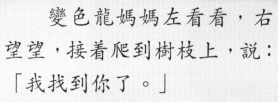

　　變色龍媽媽左看看，右望望，接着爬到樹枝上，說：「我找到你了。」

　　小變色龍大吃一驚，問：「你為什麼會找到我？」

　　變色龍媽媽笑着說：「媽媽怎會認不出自己的孩子呢？」

　　哦，變色龍媽媽才是真正的捉迷藏高手啊！

粵
粵語
朗讀故事

粵語
講故事

普
普通話
朗讀故事

OK
爸媽錄音
▶

OK
孩子錄音
▶

文：麥曉帆
圖：步葵

蜘蛛——我的新鄰居

　　小鳥啾啾和爸爸媽媽住在安全的大屋裏，天天都很快樂。

　　一天，啾啾隔壁搬來了一戶新鄰居，啾啾很好奇，從防盜眼裏看出去，卻嚇了一跳——新鄰居一家竟然全是毛茸茸的蜘蛛！

啾啾連忙拍着翅膀，躲到牀底下。啾啾聽說過，蜘蛛可恐怖了，不但喜歡咬人，身上還有毒。啾啾心想：隔壁竟然住了這麼可怕的鄰居，我得遠遠地躲開他們！

接下來的幾天裏，啾啾都不敢出門曬太陽，也不敢和爸爸媽媽一起去捉蟲子，生怕碰上蜘蛛一家人。

　　這天中午，小鳥爸爸說：「啾啾，新鄰居邀請我們去他們家吃晚飯呢。」

　　啾啾聽了直搖頭：「我不去！他們肯定心懷不軌！」

　　小鳥媽媽笑了笑，溫柔地說：「啾啾，你誤會了，不是所有蜘蛛都有毒，而且他們編織的蜘蛛網可以把蒼蠅、蚊子等害蟲黏住。我們不應該因為他們和我們長得不一樣，就用奇異的眼光看他們。」

　　啾啾聽後點了點頭。

　　晚飯的時候，他鼓起勇氣和爸爸媽媽去探訪蜘蛛一家，才發現媽媽說得對，蜘蛛弟弟還友善地和啾啾打招呼。

　　蜘蛛弟弟害羞地說：「我想和你握握手，可是我只有八隻腳。」

　　啾啾連忙說沒關係，用翅膀握了握蜘蛛弟弟的腳，和他成為了好朋友呢！

粵
粵語
朗讀故事

 ★
粵語
講故事

普
普通話
朗讀故事

OK
爸媽錄音
▶

OK
孩子錄音
▶

文：利倚恩
圖：立雄

公雞喉嚨痛

「喔喔喔喔！」

太陽一升起，公雞便站在屋頂上啼叫，叫醒農場裏的小動物。公雞又勤力又守時，所以大家每天都準時起牀。

一天早上，農場裏出奇地安靜，小動物們聽不到公雞的叫聲，一直睡呀睡，到下午才起牀。

　　小牛、小羊和小馬去探望公雞。他們一開門，就看到公雞躺在牀上，「咳咳……哈啾……」公雞張大嘴巴，可是說不出話來。原來公雞感冒了，還有喉嚨痛啊！

　　小牛問：「公雞生病了，誰來叫大家起牀呢？」

　　小羊說：「放心吧，明天由我叫大家起牀。」

第二天早上，太陽升起來了，小羊爬到屋頂上，學公雞叫道：「咩喔咩喔！」

　　小羊的叫聲很古怪，不像公雞叫，也不像羊叫。結果，大家繼續睡覺，到下午才醒來。

　　小羊失敗了，小馬說：「明天由我叫大家起牀吧。」

　　第三天早上，太陽升起來了，小馬爬到屋頂上，學公雞叫道：「嘶咕嘶咕！」

　　小馬的叫聲很古怪，不像公雞叫，也不像馬叫。結果，大家繼續睡覺，到下午才醒來。

　　小馬失敗了，小牛說：「明天由我叫大家起牀吧。」

第四天早上，太陽升起來了，小牛正想爬到屋頂上，便聽到「喔喔喔喔！」

看呀，公雞康復了，正神氣地站在屋頂上啊！

小動物們都起牀了，還是公雞的叫聲最可靠呢！

粵
粵語
朗讀故事

粵語
講故事

普
普通話
朗讀故事

OK
爸媽錄音

OK
孩子錄音

文：馬翠蘿
圖：伍中仁

迷路的小蝌蚪

小鴨子和小烏龜在河邊玩捉迷藏，突然，他們聽到一陣哭聲，發現水草旁邊有一隻頭大尾小、灰色的小蝌蚪在哭。

小烏龜問：「小蝌蚪，你為什麼哭呀？」

小蝌蚪沒回答，只是不停地擦眼淚。

小鴨子說：「他一定是迷了路，找不到媽媽了。」小烏龜馬上說：「那我們幫他找媽媽去！」

小鴨子和小烏龜都不知道小蝌蚪的媽媽是什麼樣子的。他們看到前面來了一條水蛇，便問：「請問你是小蝌蚪的媽媽嗎？」

水蛇搖搖頭說：「不是。」

　　游啊游，前面來了一條魚，他們又趕緊問：「請問你是小蝌蚪的媽媽嗎？」

　　魚搖搖頭說：「不是。」

　　游啊游，他們看見前面石頭上蹲着一隻青蛙。小鴨子剛要問她是不是小蝌蚪的媽媽，小烏龜把他攔住了：「不用問了，我看她肯定不是小蝌蚪的媽媽，他們的樣子根本不像。」

　　他們正要帶着小蝌蚪離開，小蝌蚪卻大聲喊起來：「媽媽！媽媽！」

　　青蛙也趕快跳過來，大喊着：「兒子，兒子！」

　　小鴨子和小烏龜想不明白,青蛙真是小蝌蚪的媽媽?怎麼他們一點都不像呢?

　　青蛙告訴他們:「小蝌蚪在成長過程中,會長出後腳和前肢,之後尾巴也會慢慢消失。那時候,他就會長得跟我一樣了。」

　　哦,原來是這樣!小鴨子和小烏龜都感到很快樂,因為他們不但做了一件好事,還知道了小蝌蚪是怎樣變成青蛙的。

粵
粵語
朗讀故事

粵語
講故事

普
普通話
朗讀故事

OK
爸媽錄音

OK
孩子錄音

文：麥曉帆
圖：HoiLam

小兔吱吱的新嘗試

小兔吱吱剛搬家來到香港島，感到很不適應，
爸爸媽媽便帶她坐電車，讓她接觸新鮮事物！

電車在路軌上行駛，但可以去的地方可不少！他們從堅尼地城出發，媽媽指着車窗外：「吱吱你看！這兒有很多有特色的餐廳，還可以看到海呢！」吱吱看着外面的景物，也感到歎為觀止。

接下來他們到達中環，這裏高樓大廈林立，還有終審法院大樓、皇后像廣場等歷史建築。「嘩！很壯觀呢！」吱吱把頭抬得高高的，感歎道。

然後他們來到灣仔和銅鑼灣，這兒到處都是娛樂購物商場，還有香港中央圖書館和維多利亞公園。吱吱說：「這兒人來人往，真熱鬧！」

　　他們再來到歷史特色濃厚的北角，這兒有密集的住宅區，也有傳統市集。其中一條叫春秧街的街道，店舖及露天攤販更緊挨着電車路軌，吱吱在電車上，很擔心電車撞到它們呢！

最後一站是筲箕灣，這兒曾是漁港和工業區，現在則保留了很多特色廟宇。

吇吇看見旅程就這樣完結，不禁覺得很可惜，說：「我們再坐一遍電車吧，但這次我想每站都下車去逛逛，好好見識香港島！」

爸爸媽媽對吇吇勇於踏出第一步，願意接觸新事物，感到十分安慰！

粵語
朗讀故事

粵語
講故事

普
普通話
朗讀故事

OK
爸媽錄音
▶

OK
孩子錄音
▶

文：馬翠蘿
圖：Kiyo Cheung

洗衣街的故事

水務署
WATER SUPPLIES DEPARTMENT

洗 衣 街

星期天，媽媽帶凡凡去探望朋友，媽媽的朋友住在洗衣街。

凡凡一走進洗衣街，就睜大眼睛，看看這裏，又看看那裏。凡凡自言自語地說：「在哪裏呢？在哪裏呢？」

媽媽問：「凡凡，你在找什麼呀？」

凡凡說：「我在找洗衣服的人呀！這條街叫做洗衣街，不是應該有很多人在洗衣服的嗎？」

媽媽說：「很久很久以前，這裏真的有很多人在洗衣服呢……」

　　媽媽告訴凡凡，從前這地方有一條小溪，住在小溪附近的人當中，有不少是靠替人洗衣服掙錢養家的。

　　每天一大早，就有很多阿姨、嬸嬸拿着髒衣服到小溪旁邊洗呀洗的，十分熱鬧，所以人們就把小溪這一帶稱為洗衣街。

　　凡凡邊聽邊點頭：「原來是這樣。咦，媽媽你不是說這裏有條小溪的嗎？怎麼我沒看見呢？」

　　媽媽指指地下，說：「就在你腳下呀！」

　　原來在多年前，香港政府因為要在這裏修路和蓋房子，就把小溪填平了。從那時候起，洗衣街就再也沒有小溪了。

　　凡凡終於明白，為什麼洗衣街沒有人洗衣服了。

粵
粵語
朗讀故事

粵語
講故事

普
普通話
朗讀故事

OK
爸媽錄音
▶

OK
孩子錄音
▶

文：馬翠蘿
圖：步葵

平平和小黃雞

平平家養了一隻小黃雞。小黃雞長着尖尖的
小嘴兒，圓溜溜的黑眼睛，牠身上的毛
又密又軟，跑起來就像一個滾
動着的毛線球，有
趣極了。

　　今天是一年一度長洲飄色的日子，平平和她多位同學都被選作小演員，扮成各種人物和動物參加巡遊。老師知道平平喜歡小雞，便把扮小雞的任務交給了她。

　　平平一大早就起了牀，媽媽給她穿好小雞衣裳，戴上小雞頭套，哈哈，平平家又多了一隻可愛的小雞！

　　最高興的是小黃雞，牠圍着平平「嘰嘰嘰」地叫着，好像在說：「歡迎平平小雞！」

媽媽牽着平平出門了，小黃雞跳上平平的手掌心，跟着平平一塊兒去。

　　巡遊開始了，平平捧着小黃雞，坐在高高的鐵架子上，看上去就像飄在半空中似的，好玩極了。沒想到，走到海邊時，突然颳起一陣風，把平平的小雞頭套颳到海裏去了，怎麼辦呢？平平急得快要哭了。

這時候，小黃雞靈機一動，呼一下跳上了平平的頭頂，站在那裏把兩隻小翅膀一拍一拍的。穿着小雞衣裳的平平和她頭上的小黃雞，馬上成為巡遊隊伍中最可愛，最有趣的一道風景，所有人都向她們鼓掌歡呼。

平平高興地對小黃雞說：「謝謝你，小黃雞！」

小黃雞「嘰嘰嘰」地叫着，好像在說：「不用謝，平平小雞！」

粵
粵語
朗讀故事

粵語
講故事

普
普通話
朗讀故事

OK
爸媽錄音

OK
孩子錄音

文：麥曉帆
圖：麻生圭

小穎去旅行

暑假到了，小穎嚷着要爸爸媽媽帶她去旅行。
「我們不如去有海的國家旅行吧，我要去美麗的沙灘玩！」小穎說。

「要享受陽光與海灘，不用坐飛機，香港也有呢！」爸爸媽媽笑着回答。

第二天，小穎一家來到西貢大浪灣，這兒有金色的陽光、藍藍的海水、白色的沙灘，他們一會兒游泳、一會兒堆沙，玩得非常開心。

「我們不如去歐洲國家旅行
吧，我要去看古跡和博物館！」小
穎又説。

「要感受歷史和文化，不用坐
飛機，香港也有呢！」爸爸媽媽笑
着回答。

第二天，小穎一家去看宏偉的尖沙咀鐘樓，還一口
氣參觀了香港各種主題的博物館，看得小穎目不暇給。

文化

「我們不如去日本旅行吧，那兒有很多好吃的東西呢！」小穎又說。

「要吃富有特色的美食，不用坐飛機，香港也有呢！」爸爸媽媽笑着回答。

第二天，爸爸媽媽帶着小穎嘗遍了香港的特色美食——香脆的雞蛋仔、可口的碗仔翅、好吃的缽仔糕、香滑的豆腐花……吃得小穎心滿意足。

「爸爸媽媽！我們不如去一個又寧靜又悠閒的地方吧。」小穎接着說。

「小穎，要去寧靜又悠閒的地方……」

爸爸媽媽還沒說完，小穎就已經笑着把話搶了過來，說：「我知道了，不用坐飛機，香港也有呢！我提議到香港離島去度一天假！真沒想到，原來香港也有那麼多能跟外國旅遊景點媲美的地方呢。」

粵
粵語
朗讀故事

粵語
講故事

普
普通話
朗讀故事

OK
爸媽錄音
▶

OK
孩子錄音
▶

文：麥曉帆
圖：菌田

小兔兔環遊世界

　　小兔兔很愛旅行，她想看遍世界上所有的著名建築物。

　　不過，小兔兔要種胡蘿蔔，沒有時間去旅行！

　　小動物們都很想幫助她，最後小龜想出了一個好辦法！

　　於是大家便開始準備起來……

準備好後，小龜來到小兔兔的家，對她說：「小兔兔，快快騎到我的背上，讓我帶你環遊世界。」

小兔兔覺得很奇怪，但還是坐到小龜的背上。小龜背着她走啊走，來到草地上。

「咦？那是什麼啊？」小兔兔叫道。

只見草地上到處都是用紙板製作而成的小小建築物，讓整個草地看起來就像一個小小的城市。

「看啊看，那是雄偉的故宮！」小兔兔高興地說，「還有高雅的羅浮宮、高大的倫敦塔橋、歪歪的比薩斜塔和美麗的自由女神像呢！」

這些建築物雖然是由紙板做成，但卻是小動物們花了很多時間製作的，就和真的一模一樣！

接下來，小龜還背着小兔兔看了古老的金字塔和獅身人面像、充滿現代感的台北 101 摩天大廈，甚至還有壯觀的萬里長城呢！

在草地上繞了一個圈後，小兔兔感覺就像真的環遊了世界一樣。

小兔兔跟小龜和趕來的小動物們一起跳啊唱啊，好不高興。他們決定要留下這些紙板建築物，好讓更多的動物能夠「環遊世界」呢！

粵
粵語
朗讀故事

粵語
講故事

普
普通話
朗讀故事

OK
爸媽錄音

OK
孩子錄音

文：利倚恩
圖：Monkey

誰最受歡迎？

　　雞蛋仔香香圓圓，窩夫餅軟軟甜甜，他們都是小食店裏受歡迎的小食。

　　小食店現在沒有客人，雞蛋仔和窩夫餅在桌子上玩耍。窩夫餅跳呀跳呀，把煉奶彈到雞蛋仔身上。

　　雞蛋仔生氣地大叫：「啊，你妒忌我比你受歡迎，故意用煉奶把我弄髒！」

　　窩夫餅不服氣地喊：「許多小朋友都喜歡煉奶，我才是最受歡迎啊！」

煉奶
×××

46

　　雞蛋仔説：「啊！我外脆內軟，口感比你好得多了。」

　　窩夫餅説：「我裏面有牛油、花生醬、煉奶和砂糖，餡料比你豐富得多了。」

　　雞蛋仔説：「我一顆一顆像個蜂巢，外形比你可愛得多了。」

　　窩夫餅説：「我摺疊起來會變成扇形，外形比你特別得多了。」

雞蛋仔和窩夫餅吵架了，誰也不肯認輸呢！他們集中精神望着街上，等待下一個來買小食的小朋友。

　　等了一會兒，兩個小朋友走到小食店前面。雞蛋仔和窩夫餅都很緊張，他們到底喜歡誰呢？

　　小男孩問：「你想吃什麼？」

　　小女孩答：「雞蛋仔和窩夫餅都很好吃，我兩樣都想吃呀。」

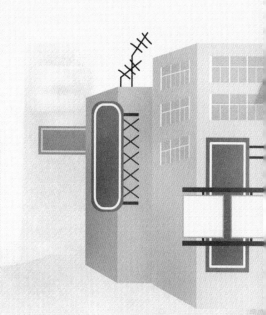

　　小男孩提議說：「那就兩樣都要，一人分一半吧。」

　　小女孩拍拍手，說：「好啊！」

　　看着兩個小朋友心滿意足地離開，雞蛋仔和窩夫餅高興地哈哈大笑起來。小朋友都喜歡我們，根本沒有必要吵架嘛。

文：利倚恩
圖：Monkey

水果換新衣

水果店有很多不同種類的水果：蘋果、藍莓、香蕉、奇異果……水果們香香甜甜，色彩繽紛，大人小朋友都稱讚他們又新鮮又漂亮呢！

　　雖然得到大家的讚美，可是水果們看着自己的衣服，竟然大大地歎氣。

　　蘋果說：「我不喜歡紅色，藍莓的衣服高貴得多了。」

　　藍莓說：「我不喜歡藍色，香蕉的衣服可愛得多了。」

　　香蕉說：「我不喜歡黃色，奇異果的衣服帥氣得多了。」

　　奇異果說：「我不喜歡棕色，蘋果的衣服華麗得多了。」

　　水果們你看看我，我看看你，齊聲大喊：「我想換新衣服啊！」

　　老闆聽到後，笑眯眯地說：「那很簡單，交給我吧！」

老闆拿起金色噴水壺，往水果們身上噴水。當水珠慢慢滲入水果的身體裏，他們的衣服也在漸漸變色。

水果們跑到鏡子前面，驚訝得哇哇大叫！藍色蘋果、黃色藍莓、棕色香蕉、紅色奇異果，大家都換上新衣服了。

水果們你看看我，我看看你，咦？為什麼好像怪怪的呢？藍色蘋果不高貴，黃色藍莓不可愛，棕色香蕉不帥氣，紅色奇異果不華麗。

　　新衣服不但不好看，而且穿得不舒服。水果們請求老闆
把他們變回去，老闆於是再用金色噴水壺往他們身上噴水。
　　看呀，還是原本的衣服最漂亮、最舒服啊！

粵
粵語
朗讀故事

粵語
講故事

普
普通話
朗讀故事

OK
爸媽錄音
▶

OK
孩子錄音
▶

文：馬翠蘿
圖：HoiLam

黑色的怪物

　　從前有一隻很乖的小兔，他的名字叫希希。

　　這天，媽媽讓希希幫忙做一件事，就是把紅蘿蔔送到兔爺爺家。

　　希希最喜歡幫媽媽做事了，他高高興興地提着裝了紅蘿蔔的小籃子出門去。

迎着紅紅的太陽，希希一蹦一跳地走着，嘴裏還唱着歌。走着走着，他好像覺得有什麼東西跟着自己，回頭一看，原來是一個黑色的長長的怪物！希希跑，怪物也跑；希希停下，怪物也跟着停下。

「救命呀！」希希嚇得轉身跑回家，一進家門，就「砰」一聲把大門關上了。幸好怪物沒有跟着進來。

「媽媽，剛才有怪物跟在我後面。我害怕！」希希對媽媽說。

媽媽說：「什麼怪物？媽媽去看看。」

媽媽打開家門走了出去，黑色怪物馬上出現在媽媽身後。希希嚇得立刻去拉媽媽：「快進來，怪物在你後面！」

媽媽回頭一看，不禁笑了起來：「這不是怪物，只是媽媽的影子而已。陽光照在我身上，就會有影子。影子一點也不可怕，不信的話，你踩踩看。」

　　希希小心地用腳踩了怪物一下，怪物一動不動的，更沒有跳起來咬他。希希便放心地在影子上面跳呀跳的，玩得十分開心。

　　媽媽笑着說：「有光就有影子，玩的機會多着呢！還是趕緊把紅蘿蔔送到兔爺爺家吧！」

　　「好的，媽媽！」希希又開開心心地出門了，一邊走，一邊扭頭跟後面的影子打招呼，「嗨！」

粵
粵語
朗讀故事

★
粵語
講故事

普
普通話
朗讀故事

OK
爸媽錄音
▶

OK
孩子錄音
▶

文：馬翠蘿
圖：美心

福到了

大年三十，媽媽讓小羊咩咩去一趟羊婆婆家，給羊婆婆送些過節吃的糖果和年糕。

羊婆婆大門緊閉，她不在家呢！小羊咩咩就在門外等着。

羊婆婆家很有節日氣氛，看，門口的兩邊貼着對聯，大門上還貼了一個倒着的「福」字。

咦，羊婆婆真糊塗，怎麼把「福」字貼倒了呢！

這時候，羊婆婆回來了，一看見小羊咩咩，臉上馬上綻開了笑容：「咩咩真乖，又來看婆婆了。」

「婆婆好！」小羊咩咩舉起手裏的小籃子，說：「這些糖果和年糕是媽媽讓我送來給您的。」

小羊咩咩說完，又指着羊婆婆家的大門，說：「羊婆婆，您把福字貼倒了。」

羊婆婆笑着説：「我是故意這樣貼的，這是中國人過年的傳統習俗呢！」

小羊咩咩很驚訝：「習俗？」

羊婆婆説：「是呀！中國人過節喜歡吉利，把『福』字倒轉了，『福倒福倒』，聽起來就成了『福到』，就是説福氣來了的意思。所以，大家貼『福』字的時候，都是倒着貼的。」

小羊咩咩點着頭，說：「哦，原來是這樣！」

小羊咩咩回家以後，也寫了個大大的「福」字貼在大門上，然後邊拍手邊喊着：「福到了！福到了！」

粵
粵語
朗讀故事

粵語
講故事

普
普通話
朗讀故事

OK
爸媽錄音
▶

OK
孩子錄音
▶

文：利倚恩
圖：美心

兔子村的快樂中秋

中秋節到了！兔老師說月亮住着玉兔，小白兔多多想和玉兔做朋友，於是在氣球上寫下：「玉兔，我邀請你到兔子村慶祝中秋節。」然後，多多把氣球升上天空去。

晚上，月亮出來的時候，神奇的事發生了！天上有一隻兔子坐在氣球上，降落在多多的家門前，氣球上的兔子對多多說：「我是玉兔，是不是你送邀請信給我？」

多多很高興，說：「是啊！
我們來慶祝中秋節吧！」

兔媽媽拿出月餅和水果。
兔哥哥喜歡吃甜膩膩的蛋黃蓮
蓉月餅，兔妹妹喜歡吃涼冰冰
的冰皮月餅，多多最喜歡吃清
清甜甜的水晶梨、楊桃和柚子。
多多和玉兔分享中秋節美食，
全部都很可口呢！

吃飽後，兔爸爸拿出紙燈籠，把燃亮的蠟燭放進去。嘩，燈籠亮了，好漂亮啊！大家一起提燈籠，兔子村的中秋節很好玩，玉兔不想回月亮了。

兔媽媽笑着説：「中秋節是團圓的節日，全家在一起才開心啊！」

噢，玉兔想念在月亮的爸爸媽媽了。玉兔説：「謝謝你們！我今晚很開心，我要回家和爸爸媽媽團圓呢！」

多多向玉兔揮揮手，説了聲再見。玉兔就坐上氣球，升上天空，回月亮的家去了。

粤語
朗讀故事

粤語
講故事

普通話
朗讀故事

OK
爸媽錄音

OK
孩子錄音

文：馬翠蘿
圖：陳子沖

重陽節的故事

重陽節到了，爸爸媽媽帶着小圓和小方到山上野餐。

山頂上空氣很好，涼風陣陣，好舒服啊！一家人一邊吃東西一邊欣賞山下的風景，很開心。

這天上山的人特別多，很多還是全家大小一塊兒來的。小圓問爸爸：「為什麼人們都喜歡在重陽節登山呢？」

爸爸說：「這裏面有個故事呢！」

爸爸說：「據說很久很久以前，有個村莊面臨一場大瘟疫。有位老神仙知道了，便通知村民上山躲避。村民們拖兒帶女的，登上了附近一座高山。由於山上空氣十分清新，村民們沒有一個人染病。幾天後，當人們下山回家時，發現家裏沒有帶走的雞鴨全都死去了。」

「啊，多虧了那位神仙呢！」小方喊了起來。

「是呀。」爸爸點點頭，繼續說：「後來，村民們為了紀念神仙的救命之恩，就把他們上山那一天，即農曆九月九日定為重陽節。每年這一天，人們都習慣地去登山，表示遠離疾病和災難……」

小圓突然想起了家裏的小兔白白，忙說：「明年重陽節，我們把白白也帶來吧！我要白白也遠離疾病、健健康康！」

　　媽媽笑着說：「好啊，我們明年就讓白白也一塊兒來！」

69

粵語
朗讀故事

粵語
講故事

普通話
朗讀故事

OK
爸媽錄音

OK
孩子錄音

文：馬翠蘿
圖：Monkey

小豬學寫字

豬豬國有隻叫胖胖的小豬。

胖胖長呀長呀，由嬰兒豬
長成兒童豬了，豬媽媽就讓他
上學去。

上課了，豬老師對學生們說：「這個學期，我教你們學習一到一百的中國數目字寫法。」

豬老師在黑板上寫了一橫，說：「這是『一』字。」

豬老師又在黑板上寫了兩橫，說：「這是『二』字。」

豬老師繼續在黑板上寫了三橫，說：「這是『三』字。」

胖胖想：一橫是「一」字，兩橫是「二」字，三橫是「三」字，那麼，四橫就是「四」字，五橫就是「五」字了。噢，那我明白一到一百怎麼寫了。

胖胖放學回到家，見到了爸爸，便說：「爸爸，烏龜爺爺的百歲生日快到了，我們怎麼給他慶祝好呢？」

爸爸拿出一張生日賀卡，說：「我買了一張賀卡，準備寫上『百歲生日快樂』，然後送給烏龜爺爺，你來幫忙嗎？」

胖胖高興地說：「好啊，我會寫『百』字！」

胖胖拿了張小椅子，坐下來在賀卡上寫字，寫了很長時間還沒寫好。爸爸覺得很奇怪，走過來一看，見到胖胖拿着筆在紙上畫橫線，畫了一道又一道，快把賀卡填滿了。

爸爸問：「你在寫什麼？」

胖胖說：「寫『百』字啊，一橫是一字，兩橫是二字，百字要畫一百橫呢！」

爸爸不禁笑了起來，說：「畫一百橫並不等於『百』字，讓爸爸教你吧。」

胖胖跟着爸爸一筆一畫地寫，終於學會寫「百」字了！

胖胖幫爸爸寫好了賀卡，然後說：「爸爸，我跟您一起去給烏龜爺爺賀壽，好不好？」

爸爸笑着說：「好，烏龜爺爺一定會很開心的。」

粵語
朗讀故事

粵語
講故事

普
普通話
朗讀故事

OK
爸媽錄音

OK
孩子錄音

文：馬翠蘿
圖：步葵

小海豚學潛水

　　這天，海豚媽媽在大海裏教她的幾個孩子潛水。最小的小海豚很害怕，怎麼也不肯學。

　　媽媽說：「好孩子，別害怕。我們海豚家族向來是海洋裏優秀的潛水員和游泳健將，按媽媽教的做就行！」

小海豚還是搖頭，她心裏想：「萬一潛水時尾巴抽筋了怎麼辦？萬一肚子痛怎麼辦？萬一深水裏有妖怪怎麼辦？」

　　媽媽沒辦法，只好說：「那你自己在水面上玩吧，我帶你的哥哥姊姊潛水去。」

　　媽媽說完，「嗖」的一下就鑽進水裏了。

　　小海豚在水面上跳來跳去，十分開心。海岸上，胖嘟嘟的小豬和他同樣胖嘟嘟的豬媽媽在拍手：「小海豚加油，加油！」

忽然，小豬一不小心，「咚」的一聲掉進水裏了。豬媽媽嚇得大喊：「救命啊，我兒子不會游泳的！」

小海豚趕緊去救小豬。沒想到小豬太重了，一眨眼就沉進了水裏。

小海豚想也沒想，立刻潛進水裏，一直潛了十幾米深，用嘴巴叼住了小豬的小尾巴，把他拉出水面，推上了岸。

　　豬媽媽對小海豚說了好多感謝的話，然後帶着小豬
回家了。這時候，小海豚才突然想起，咦，自己剛才為
了救小豬，竟然已經潛到十幾米深的地方了。

　　原來潛水並不是那麼可怕的。於是，小海豚愉快地
潛進水裏找媽媽去了。

粵
粵語
朗讀故事

粵語
講故事

普
普通話
朗讀故事

OK
爸媽錄音

OK
孩子錄音

文：利倚恩
圖：Goo

笑笑鏡

　　每天早上，熊媽媽都和小
熊一起刷牙，打圈圈，來回刷，
牙齒清潔，笑容特別燦爛。

　　有一天，熊媽媽生病了，
住在醫院裏。小熊自己一個刷
牙，打圈圈，來回刷，牙齒清
潔，可是笑容⋯⋯不見了！

　　小熊又擔心又想念媽媽，一整天扁着嘴巴。熊爸爸看着心裏不好受，於是趁着小熊睡着了，偷偷走入洗手間裏。

　　第二天早上，小熊到洗手間刷牙，鏡子裏的自己竟然笑了。啊，看清楚一些，原來鏡子上面畫了一張笑臉，剛好拼在小熊的臉上呢！

　　熊爸爸摸着小熊的頭說：「我們一起刷牙好嗎？」

　　小熊跟着鏡子上的笑臉一起笑了，大聲說：「好啊！」

小熊也想媽媽開心，他在一面小鏡子上面畫了一張笑臉，讓爸爸帶去醫院給媽媽。

熊媽媽看到「會笑」的鏡子，本來苦悶的臉變成高興的臉。她的心情變好了，身體好像也不痛了。

　　五天後，熊媽媽康復了。回到家裏，小熊馬上拉着爸爸去洗手間。爸媽看到鏡子，「哈哈哈……」他們都忍不住大笑起來。

　　原來小熊在鏡子上方畫了一羣小蜜蜂，它們正拿着三個木桶倒出蜜糖。當小熊一家站在鏡子前面時，就像有很多蜜糖倒在頭上，畫面有趣極了！

　　大家的笑容都很燦爛，這真是一面「笑笑鏡」呢！

粵語
朗讀故事

粵語
講故事

普通話
朗讀故事

OK
爸媽錄音

OK
孩子錄音

文：利倚恩
圖：步葵

懶懶樹和笨笨賊

　　懶懶樹懶得動，一天中有一大半時間都在睡覺。

　　「呵——」懶懶樹打了個呵欠，呵欠傳染給松鼠，松鼠跟着打呵欠，他們兩個一起睡着了。

有一天，城市裏有個笨笨賊搶走路人的錢包，笨笨賊跑呀跑，逃呀逃，逃到遠處的大樹下。他見沒有人追上來，得意地笑：「嘿，沒有人會捉到我的！」

「你為什麼不停喘氣？」

笨笨賊嚇了一大跳，心想：「是誰在說話？」他左望望，右望望，周圍沒有人。抬頭一看，懶懶樹正在看着他。

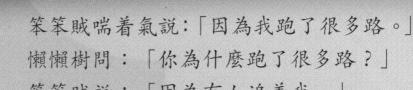

笨笨賊喘着氣説：「因為我跑了很多路。」

懶懶樹問：「你為什麼跑了很多路？」

笨笨賊説：「因為有人追着我。」

懶懶樹問：「為什麼有人追着你？」

笨笨賊説：「因為我搶了別人的錢包。」

懶懶樹問：「你為什麼搶別人的錢包？」

笨笨賊説：「因為我是賊，還用問嗎？你真笨！」

懶懶樹望向遠處，警察正在跑過來。他心想：「我要捉住這個賊，但我又不想動，怎麼辦？」

　　「呵──」懶懶樹打了個呵欠，呵欠傳染給笨笨賊，笨笨賊跟着打呵欠，兩個一起睡着了。

　　過了一會兒，警察來到大樹下，看到笨笨賊竟然躺在樹下呼呼大睡，手上還拿着搶來的錢包。

　　警察哈哈大笑：「哪有賊人偷東西後這樣光明正大地睡覺的？你真是個超級笨賊啊！」

文：麥曉帆
圖：伍中仁

太空的新朋友

　　小朋友，你一定聽過嫦娥奔月的故事吧？一定記得嫦娥姐姐住的月宮裏有一隻小白兔吧？

　　話說這小白兔每天除了看吳剛叔叔砍樹，就是看嫦娥姐姐跳舞，日子過得好悶好悶。

這樣不知過了多少年。有一天，太空來了一個新朋友，小白兔不禁高興地大喊：「喂，朋友，你是誰？」

　　新朋友邊飛邊回答：「我是地球人發射的氣象衛星，專門預報天氣的。」

　　新朋友告訴了小白兔好多有關天氣預測的知識。

　　不久後的一天，太空又來了一位新朋友，小白兔開心地問：「喂，朋友，你是誰？」

　　新朋友邊飛邊回答：「我是通訊衛星，地球人打電話、看電視，都要靠我呢！」

　　小白兔從新朋友那裏，知道了地球有電話、電視的新鮮事。

讓小白兔更興奮的是，有一天他看到一艘載人飛船飛來了，還看見一位勇敢的叔叔在飛船外行走呢！小白兔高興得大喊：「叔叔，您好！叔叔，歡迎您！」

叔叔朝小白兔揮揮手，說：「謝謝！」

從此，小白兔不再寂寞了，他認識了許多新朋友，這些新朋友的名字都很有趣，什麼科研衛星啦，軍事衛星啦⋯⋯

　　小白兔從新朋友那裏學到了很多知識。小白兔希望有一天能跟朋友們到地球去，那他就可以跟遠方的兔子打電話聊天，或者躺在兔窩裏看電視，又或者坐着汽車和輪船環遊世界⋯⋯啊，那一定有趣極了！

文：馬翠蘿
圖：伍中仁

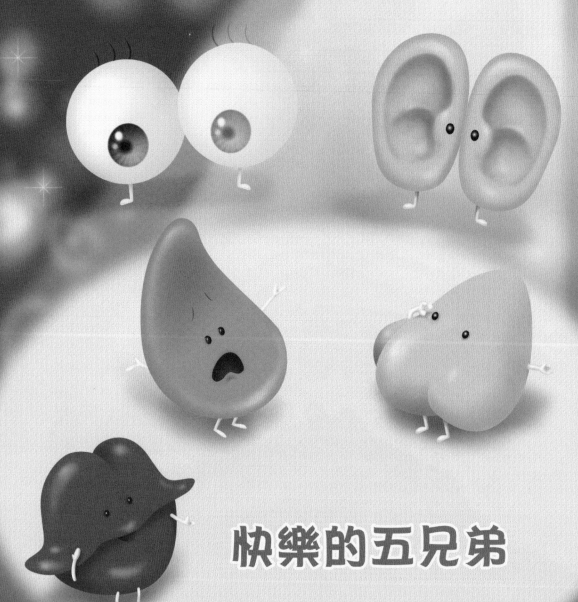

快樂的五兄弟

眼睛、耳朵、嘴巴、鼻子和舌頭是快樂的五兄弟。

有一天，哥哥們發現他們的小弟弟——舌頭很不開心。

大哥眼睛問：「快告訴哥哥，你為什麼不高興？」

舌頭委屈地說：「今天，幼稚園的老師問小朋友臉上有哪些重要器官。小朋友很快就答出了眼耳口鼻，但卻沒有人知道還有我。」

舌頭說着說着哭了起來：「大哥能看東西，二哥能聽聲音，三哥能說話和吃東西，四哥能聞氣味，我什麼都不會做，我真沒用。」

眼睛安慰他說：「弟弟別哭，其實你有很多優點呢！」
耳朵、鼻子和嘴巴也都說：「是呀是呀，你別哭了，你真的很有用呢！」

舌頭邊哭邊說：「我不信，除非你們都能說出我一個優點來。」

眼睛說：「你很謙虛，天天躲在嘴巴裏，默默工作。」

鼻子說：「你能分辨食物的味道。」

嘴巴說：「你能幫助我說話。」

耳朵說：「你能……讓我想想……」

舌頭見耳朵答不上話，又想哭了。

你好嗎？

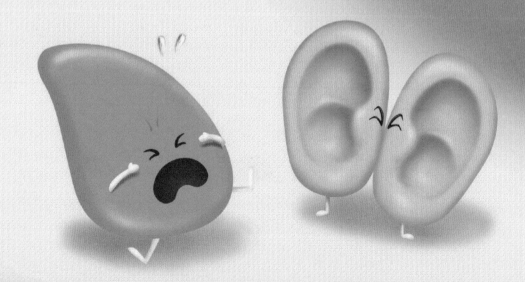

耳朵說：「有了！舌頭能幫助醫生診病。小朋友去看病時，醫生叔叔不總是說『伸出你的舌頭』嗎？」

　　眼睛大聲說：「還有還有！小朋友淘氣扮鬼臉嚇人時，也得靠你才行呢！」

　　舌頭笑了，哈哈，原來自己有這麼多優點呢！

粵語
朗讀故事

粵語
講故事

普
普通話
朗讀故事

OK
爸媽錄音

OK
孩子錄音

文：馬翠蘿
圖：美心

自來水是自己跑來的嗎？

媽媽對小廷說：「快把手洗乾淨，媽媽給你吃大蘋果。」

「太好了！」小廷高興地說。他趕緊走進洗手間，打開水龍頭，把小手洗得乾乾淨淨。

媽媽把削了皮的蘋果遞到小
廷手裏，小廷接過，大口大口地
吃起來。

媽媽聽到洗手間傳來嘩啦嘩
啦的流水聲，問：「小廷，你沒
關水龍頭嗎？」

小廷說：「噢，忘了。等我
吃完蘋果就去關。」

媽媽沒說話，急忙跑進洗手
間，把水龍頭關上了。

　　媽媽又回到小廷身邊，說：「小廷，隨便浪費自來水是很不對的。」

　　小廷看了媽媽一眼，滿不在乎地說：「自來水，就是自己跑來的水呀！浪費一點有什麼關係。」

媽媽説：「第一，自來水不是自己跑來的，它是由自來水廠的叔叔阿姨，辛辛苦苦把河水和地下水抽出來，進行過濾、消毒，最後才通過各種管道將水送到千家萬户，我們才有乾淨的水使用。第二，地球上可以用來食用的淡水很少，現在很多國家的淡水都嚴重短缺呢，所以我們不可以隨便浪費水。」

　　小廷點點頭説：「哦，原來是這樣。以後我一定記得用完水就關水龍頭，不會再浪費水了。」

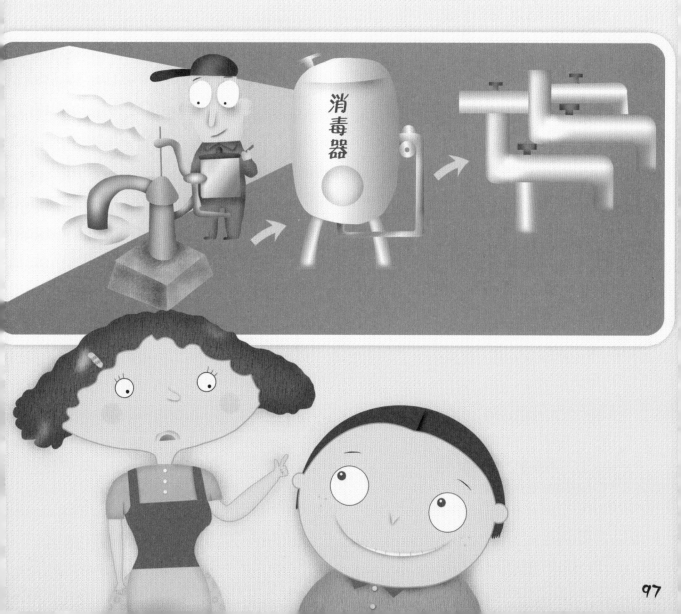

粵
粵語
朗讀故事

粵語
講故事

普
普通話
朗讀故事

OK
爸媽錄音
▶

OK
孩子錄音
▶

文：麥曉帆
圖：Tung Choi

那是什麼聲音啊？

　　小貓先生一早從牀上起來，正準備去洗臉刷牙呢。突然之間，不知道從哪裏傳來一陣巨大的聲響，把他嚇了一大跳！

　　「哎呀呀，這是什麼聲音？好可怕哦！」小貓先生捂着胸口說。

小貓先生趕忙把自己的動物朋友都叫來，一起猜猜到底發生了什麼事。

「你聽見的聲音是怎樣的呢？是這樣的嗎？」小豬叔叔說着，敲響他手中的銅鑼，發出「噹」的一聲。

小貓先生聽了，搖了搖頭。

「是這種聲音嗎？」小狗嬸嬸搖了搖鈴鐺，發出「噹啷」的聲響。

小貓先生聽了，搖了搖頭。

「是這種聲音嗎？」小鳥弟弟唱起了歌來，發出「吱吱喳喳」的聲音。

小貓先生聽了，搖了搖頭。

「是這種聲音嗎？」啄木鳥哥哥用嘴敲着牆壁，發出「砰砰砰砰」的聲音。

小貓先生聽了，搖了搖頭。

「是這種聲音嗎？」金魚小姐在金魚缸裏跳起來再落進水裏，發出「撲通」一聲。

小貓先生聽了，搖了搖頭。

動物們不斷追問小貓先生，可是最後還是找不出小貓先生之前聽見的是什麼聲音，就在這個時候⋯⋯

一直在房間角落的大象先生鼻子癢癢的，突然打了一個大噴嚏，發出「哈啾」一聲，把大家都嚇了一跳！

「啊！就是這個聲音了！」小貓先生說。

原來早上那嚇人的聲音，是鄰居大象先生所發出來的。大家知道後，都恍然大悟地笑了起來。

文：馬翠蘿
圖：Monkey

小麻雀明白了

　　停機坪上有許多等候起飛的飛機，一隻好奇的小麻雀圍繞着飛機飛來飛去。小麻雀跟飛機們打招呼：「嗨，飛機哥哥，你們好啊！」

　　一架身上畫着一條龍的飛機説：「小鳥你好。你快走吧，這裏很危險。」

　　小麻雀説：「不，我要跟你們玩，我還要跟你們比賽，看誰飛得高！」

呌

一架身上畫着花的飛機説：
「你肯定比不過我們的。你快離開這裏。」

「我偏不走，我偏要跟你們比賽！」

小麻雀扭扭小屁股，怎麼也不肯走。

「吼——」這時，傳來一聲巨大的獅子叫聲，把小麻雀嚇得趕緊往家裏飛。

飛着飛着，小麻雀突然想到：「停機坪不可能有獅子啊，那叫聲是怎樣來的呢？」好奇心讓小麻雀又飛回停機坪。可是，一聲聲可怕的獅子吼，又把牠嚇跑了。

回到家，小麻雀對媽媽說：「媽媽，為什麼停機坪會有獅子？我聽到牠在叫呢！」

媽媽說：「停機坪並沒有獅子，那叫聲是機場的多功能驅鳥車發出的。驅鳥車能發出老虎、獅子等聲音，還有槍聲、爆炸聲等，專門用來趕走我們的。」

小麻雀眨眨眼睛：「為什麼要趕走我們呢？我只不過是想跟飛機哥哥玩呀。」

媽媽説：「孩子，
這是為了保障飛機和
我們鳥類的安全。飛
機飛得很快，如果被小
鳥撞到，撞擊的力量就等
於一顆炮彈，能把飛機撞毀，
而小鳥也會沒命的。」

　　小麻雀眼睛瞪得大大的，
說：「原來是這樣！怪不得一見面，
飛機哥哥就叫我走呢！」

粵
粵語
朗讀故事

粵語
講故事

普
普通話
朗讀故事

OK
爸媽錄音
▶

OK
孩子錄音
▶

文：麥曉帆
圖：ruru lo cheng

人體器官大點名

　　小迪的大腦內有一個大腦總指揮官。有一天，大腦總指揮官突然感到很不舒服。他想：「肯定是某個器官出毛病了，但是，到底是哪一個器官呢？」

於是，他打開液晶屏，喊道：「各器官注意，這裏是總指揮部，請立即報告各自的情況！」說完，液晶屏上就顯示出各器官的樣子。

眼睛說：「報告！眼睛一切正常，我能看見小迪正在玩紅色的玩具車！」

鼻子說：「報告！鼻子一切正常，我能嗅到小迪媽媽煮飯的香味呢！」

耳朵說：「報告！耳朵一切正常，我能聽見小迪爸爸看電視的聲音！」

嘴巴說：「報告！嘴巴一切正常，我剛剛才跟小迪一起唱了一首兒歌呢！」

心臟說：「報告！心臟一切正常，我一直在把血液送到小迪的全身！」

肺部說：「報告！肺部一切正常，我正在接收氧氣並排出二氧化碳！」

大腦總指揮官說：「嗯，暫時看來一切正常，究竟是哪裏出問題了呢？」

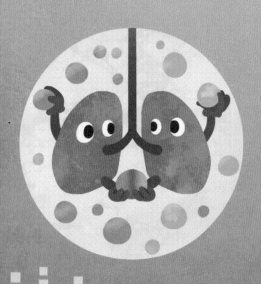

話音剛落，液晶屏顯示出小腸疲倦的樣子。他說：「哎呀，從早上開始我就感到渾身不對勁，肯定是吃錯了什麼東西啦。」

「原來如此，看來要立即採取行動了！」大腦總指揮官說。

這時，小迪放下手中的玩具，跑到媽媽身邊說：「媽媽！我肚子痛！」

媽媽說：「小迪不用怕，媽媽帶你去看醫生。」

粵
粵語
朗讀故事

粵語
講故事

普
普通話
朗讀故事

OK
爸媽錄音
▶

OK
孩子錄音
▶

文：馬翠蘿
圖：葵

雪地上的冰屋

　　有一個寒冷的冬日，小鹿
跟着媽媽去找東西吃，走着走
着，天上突然下起大雪來了。
　　「媽媽，我好冷啊！我們
趕快回家吧！」小鹿冷得渾身
顫抖，可憐地看着媽媽。

鹿媽媽說：「寶寶，等我們回到家，可能已經凍僵了。」

小鹿哭了：「那怎麼辦？我不想被凍僵，我也不想媽媽被凍僵。」

鹿媽媽說：「別着急，我知道附近有一座大象伯伯建的冰屋，我們去那裏避一避，那裏不會這麼寒冷。」

小鹿嚇了一跳，說：「媽媽，冰本身就是冷的，我們進了冰屋，不就更冷了嗎？」

媽媽說：「不會的。因為冰屋結實不透風，能夠把寒風擋在屋子外面。另外，冰能很好地隔熱，屋裏的熱力不會通過冰牆傳到屋外。所以，冰屋裏面比外面暖和多了。」

　　「哦，原來是這樣！」小鹿點點頭，說：「媽媽，那我們趕快到冰屋去。」

　　鹿媽媽帶着小鹿走了一會兒，果然見到前面雪地上立着一座冰屋，晶瑩透亮的，漂亮極了。

　　「大象伯伯，我是小鹿，我和媽媽想進您的冰屋避避風雪，可以嗎？」小鹿有禮貌地在冰屋外面喊着。

「呵呵呵，小鹿，快進來吧！」大象伯伯從冰屋裏走出來，迎接小鹿他們進去。

「謝謝大象伯伯。」小鹿高興地牽着媽媽的手進了冰屋。啊，媽媽說得沒錯，冰屋裏果然比外面暖和多了。

文：麥曉帆
圖：Kiyo Cheung

貓媽媽的新衣服

　　母親節到了，貓大哥和三個弟弟妹妹一起商量應該送什麼禮物給貓媽媽。

　　「媽媽的外套很舊了，我們送一件新外套給她吧！」貓大哥提議道。其餘的小貓聽了都舉爪同意。

114

於是幾隻小貓把各自的零用錢集合起來，買了一件紅色的新外套給貓媽媽。這件新外套又漂亮又暖和，貓媽媽收到後很喜歡呢！

貓小妹拿起貓媽媽放在沙發上的舊外套，説：「媽媽，我看這件舊外套款式有點舊，不如我幫你丟了它吧。」説着，她便準備往門外跑。

貓媽媽連忙阻止她，笑着說：「等等，就算舊衣服不再穿了，也不應該隨便丟棄的。我們可以把舊衣服捐贈出去，幫助有需要的人，減少製造垃圾呢。」

　　「那麼我們應該怎麼做，才能把舊衣服送到有需要的人手上呢？」貓大哥問。

　　「我們屋邨四周都放有舊衣回收箱，我們只需要把乾淨的舊衣服包起來，投進舊衣回收箱裏，就大功告成啦！」貓媽媽想了想，又說：「不如我們一起收拾衣櫃，把不要的衣服找出來，再一起捐贈出去，好不好？」

　　幾隻小貓聽了後，不約而同地喊：「好啊！」

粵
粵語
朗讀故事

粵語
講故事

普
普通話
朗讀故事

OK
爸媽錄音

OK
孩子錄音

文：馬翠蘿
圖：立雄

太陽伯伯，您好！

　　森林裏有很多花草樹木和小動物。他們和太陽伯伯是好朋友。

　　每天一大早，太陽伯伯就露出笑臉，跟森林裏的花草樹木和小動物打招呼：「嗨，小傢伙，你們好！」花草樹木和小動物也笑嘻嘻地跟太陽伯伯打招呼：「嗨，太陽伯伯，您好！」太陽伯伯把陽光照進森林，花草樹木長得很茂盛，小動物長得很健康。

　　有一天，飛來了一個淘氣的髒髒女巫，
她把森林裏的垃圾和灰塵都收集起來，變呀
變，變成了一大片厚厚的黑雲。黑雲遮住了
整個天空，也遮住了太陽伯伯。

　　沒有了太陽伯伯，天氣變得很冷很冷，
花草樹木感冒了，小動物也開始生病了，森
林醫生忙個不停。

大家都很生氣，責怪髒
髒女巫不該做壞事，要她趕快
把黑雲變走。但是，髒髒女巫
還沒有學會把東西變走的魔法
呢！她不知怎麼辦才好，就躲
到黑雲上面，哇哇大哭起來。

髒髒女巫哭呀哭的，眼淚沖走了黑雲，天空變藍了，太陽伯伯出來了！

森林裏又變得亮亮的，暖暖的，花草樹木直起了腰，小動物蹦蹦跳跳的，大家好開心啊！

後來，大家都很注意保護森林環境，這樣，即使髒髒女巫又再淘氣，也找不到垃圾來變魔術了。從此，天空更藍，太陽伯伯更亮！

粵
粵語
朗讀故事

粵語
講故事

普
普通話
朗讀故事

OK
爸媽錄音

OK
孩子錄音

文：馬翠蘿
圖：美心

超人衣服

　　媽媽給小東買了一件衣服，上面印着超人圖案，又威風又好看。

　　小東穿上超人衣服，正合身，他很高興。一年以後，小東發現超人衣服穿不下了，便喊來媽媽：「媽媽，超人衣服怎麼變小了？」

　　媽媽說：「不是衣服變小了，而是你長高了！」

小東雖然很喜歡超人衣服，但也只好叫媽媽扔掉它。

　　媽媽說：「這衣服還很新呢，扔掉太浪費了，留著給弟弟小西吧！」

　　小東說：「小西個子矮，穿著嫌大呢！」

　　媽媽說：「不要緊，明年他長高了就能穿了。」

　　一年以後，小西果然長高了，穿上超人衣服正合身。小西很高興，小東也很高興。

半年以後，小西又長高了，超人衣服穿不下了。小西說：「媽媽這衣服不能穿了，把它扔了吧！」

媽媽說：「扔掉太可惜了，送給表弟南南吧！」

南南穿上超人衣服正合身，南南很開心，小西也很開心。

半年以後，南南有一次打籃球時摔了一跤，把超人衣服的袖子磨破了一個大洞。南南說：「媽媽，這衣服破了不能穿了，把它扔了吧！」

南南媽媽說：「不用扔！我可以用它來做抹布呢！」

南南媽媽把衣服剪成兩條抹布，用來打掃家居。啊，南南家裏的桌子、椅子、窗子，每天都乾乾淨淨的。

親子閱讀故事集 2

作　　　者：馬翠蘿　麥曉帆　利倚恩
繪　　　圖：Monkey　ruru lo Cheung　Spacey Ho　HoiLam　Tung Choi
　　　　　　Kiyo Cheung　Goo　Spacey　步葵　菌田　立雄　美心　葵
　　　　　　陳子沖　伍中仁　麻生圭
責任編輯：龐頌恩
美術設計：陳雅琳
出　　　版：新雅文化事業有限公司
　　　　　　香港英皇道499號北角工業大廈18樓
　　　　　　電話：（852）2138 7998
　　　　　　傳真：（852）2597 4003
　　　　　　網址：http://www.sunya.com.hk
　　　　　　電郵：marketing@sunya.com.hk
發　　　行：香港聯合書刊物流有限公司
　　　　　　香港荃灣德士古道220-248號荃灣工業中心16樓
　　　　　　電話：（852）2150 2100　傳真：（852）2407 3062
　　　　　　電郵：info@suplogistics.com.hk
印　　　刷：中華商務彩色印刷有限公司
　　　　　　香港新界大埔汀麗路36號
版　　　次：二〇二〇年六月初版
　　　　　　二〇二三年一月第四次印刷

ISBN: 978-962-08-7401-7